DeepSeek小说创作速成

刘丙润 / 著

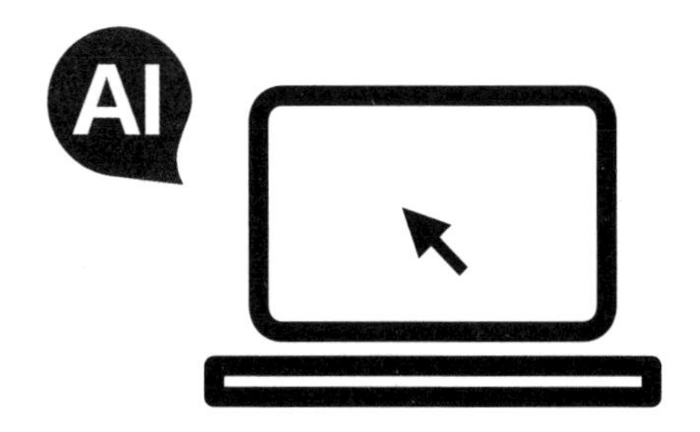

化学工业出版社
· 北京 ·

图书在版编目（CIP）数据

DeepSeek小说创作速成 / 刘丙润著. --北京 : 化学工业出版社，2025. 3. -- ISBN 978-7-122-47531-2

Ⅰ. I054-39

中国国家版本馆CIP数据核字第2025DM0475号

责任编辑：葛亚丽　　　　装帧设计：王　婧

责任校对：宋　玮

出版发行：化学工业出版社

（北京市东城区青年湖南街13号　邮政编码100011）

印　装：三河市双峰印刷装订有限公司

710mm×1000mm　1/16　印张5　字数60千字

2025年3月北京第1版第1次印刷

购书咨询：010-64518888　　　　售后服务：010-64518899

网　址：http://www.cip.com.cn

凡购买本书，如有缺损质量问题，本社销售中心负责调换。

定　价：19.80元

序　言

打开公众号，搜索“刘丙润”三个字，你便能轻松找到我。只需几分钟，你就能在我的主页领略AI辅助小说创作的独特魅力。若你愿意留言或私信，我们将在这个纷繁复杂的世界里，如同寻得宝藏般，开启一段美妙的缘分。

我从2014年从事文学创作，到现在已经整整11年了。在过往的所有文学创作过程中，我遇到的最大的颠覆性事件有两起：一起是国外版的人工智能Chat GPT横空出世，另外一起则是2025年初DeepSeek横空出世。

人工智能已经无法避免地融入我们的工作、生活中，其中就包括小说写作。自DeepSeek出现以来，我每天最少会用4个小时尝试内容的调试创作，它给我带来的震撼感是极大的。其生成内容的便捷、迅速、精准，远超Chat GPT以及国内外一众人工智能。在可预见的未来，DeepSeek必然会在小说创作领域起到至关重要的作用。

也正因此，我为大家精心设计了这本书。本书重点给大家讲解如何通过指令调试，让DeepSeek以及其他人工智能帮我们一键式辅助生成小说书名、小说简介、小说大纲，以及小说创作中最核心的四要素：情绪、环境、金手指和伏笔，以及如何借助DeepSeek完成人物人设的搭建、开篇的破题，并讲解了指令调试的核心所在。

此外，书中还给大家精心准备了课后作业，大家在读完DeepSeek相关的指令调试后，一定要自己动手实操演练一下，按照调试指令步骤，把课后作业完整地过一遍。

只要按照书里演示的流程进行内容创作，就可以很好地借助DeepSeek写出一部优秀的小说作品来。需要强调的是：人工智能辅助小说创作的核心不在于小说创作，而在于辅助。好的人工智能就像一个好的工具，只要运用到位，就能事半功倍。

最后，重点给大家讲解一下本书的使用指南：

除第 1 章的基础调试功能外，从第 2 章开始，每章大家要用一个小时左右的时间来熟练掌握。本书总计耗费大家五个小时时间，就可以掌握小说书名、简介、大纲、四要素以及人物搭建和开篇破题的指令调试技巧，能够极大地给大家节省时间，用于小说创作。

刘丙润
2025.2

目 录

第 1 章

实测小说写作最优人工智能及基础调试功能

注意，我们本书讲解的指令调试模型，理论上所有的人工智能都可以一键实操，但以 DeepSeek、文心一言、讯飞星火认知大模型、豆包、Kimi 等人工智能模型调试效果最优，如果条件允许，强烈建议大家使用 DeepSeek 进行内容调试。

1.1 DeepSeek 软件的几种使用方式

方式一：手机端。在手机应用商城一键搜索 DeepSeek，直接下载即可。

方式二：电脑端。在任意浏览器一键搜索 DeepSeek 官网，点击进入即可。

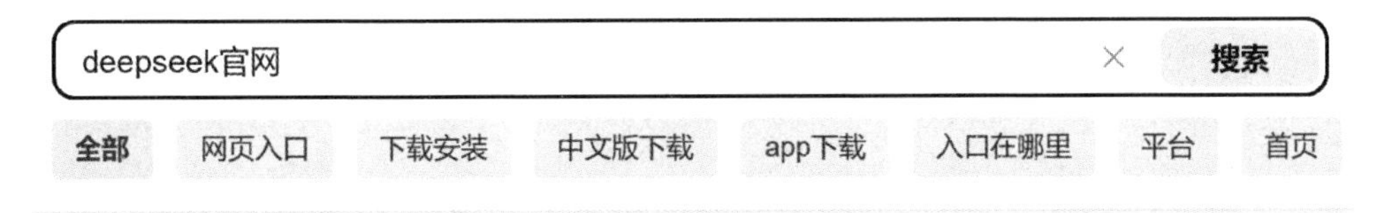

方式三：电脑端下载。打开应用宝等软件，下载电脑端 DeepSeek 即可。

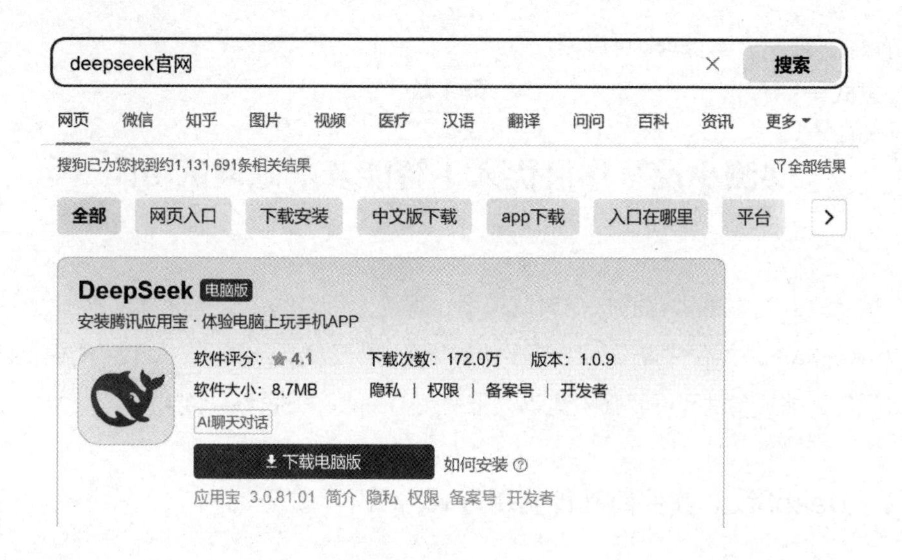

方式四： 使用其他软件中的DeepSeek功能。比如纳米AI搜索、钉钉DeepSeek助理、飞书DeepSeek等。由于DeepSeek开源，国内越来越多软件会接入DeepSeek，大家在使用DeepSeek繁忙时，可以在其他人工智能软件界面使用。

方式五： 使用DeepSeek本地部署，设备要求过高，对新手来说不建议。

1.2 DeepSeek软件不同调试方式区分

本小节，我们以网页版本的DeepSeek软件为例，来给大家详细讲解用DeepSeek进行内容调试时，四种不同按键的区分。

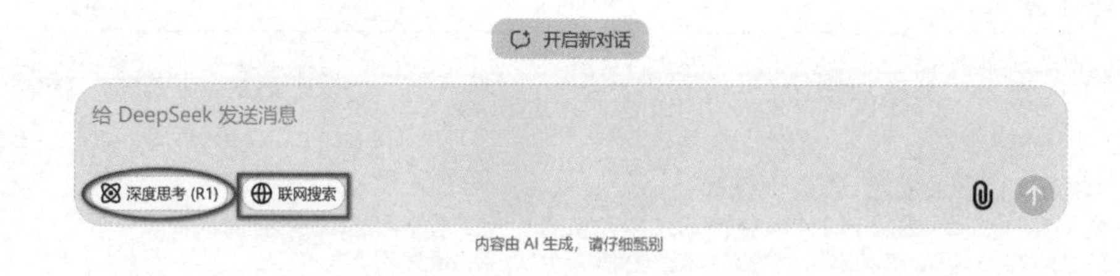

按键一： 联网搜索。选中该按键之后，DeepSeek的调试模型可以连接互联网，实时查找最新的信息以及相关数据，来精准回答问题。

按键二： 深度思考。选中该按键后，DeepSeek调试模型会基于已有的知识和数据库，进行相关的理论逻辑推理以及相关数据分析，提供更加详细精准的回答。

基于此，用 DeepSeek 可以进行 4 种不同方式的内容调试。

方式一：“深度思考”和“联网搜索”功能全部关闭。DeepSeek 生成内容与普通人工智能生成内容没有太大区别，是基本的人工智能模型。

方式二：选中“深度思考”，但关闭“联网搜索”。回答内容更有逻辑感，但内容不够精准，无法定位到最近一段时间网络上发生的事情。

方式三：选中“联网搜索”，但关闭“深度思考”。可以精准地识别网络上发生的事情，并用于人工智能生成，内容的逻辑感会略逊一筹。

方式四：同时选中“深度思考”和“联网搜索”，既保证了内容生成的逻辑感，又保证了内容生成的实效性。

注意：虽然同时选中“深度思考”和“联网搜索”可兼顾逻辑与实效，但可能会使 DeepSeek 运行压力过大，显示“服务器繁忙，请稍后再试”等相关字样。建议关闭“联网搜索”，优先使用“深度思考”功能，这样就可以方便快捷地进行内容调试了。

1.3　人工智能辅助小说写作的发展趋势

人工智能非常擅长提供灵感创意，如果我们把这本书看完，就会发现：除了灵感创意外，人工智能还可以帮助我们生成故事框架、相关的角色设定，以及情节构思。可以说，人工智能在分析了大量的文学作品后，已经可以给我们推荐热门题材，甚至预测出读者喜好，至于生成完整故事线的能力，还有待提升。

从当下阶段的人工智能发展来看，辅助小说内容创作，已经可以在语言风格、文笔优化、角色对话、情节发展、逻辑理顺等多方面起到一定的作用。

而随着人工智能的发展愈发迅猛，在不久的未来，人工智能有很大概率成为个性化的写作助手，为作家们定制专业的写作服务，一键式提供写作建议、查询写作资料。

这也就要求我们文字工作者深入了解人工智能，学会借力打力，争取让人工智能辅助小说创作，实现效益最大化。

1.4　国内外同类型人工智能简讲

我们先做一份问卷调查，大家在日常生活中有没有使用过人工智能？如果使用过，请在下方表格中填写你使用过的人工智能，并记录使用人工智能给你带来的帮助。

表 1-1　人工智能使用调查表

人工智能	它对我的帮助

文心一言，分为 3.5 版本和 4.0 版本，4.0 版本的信息整合能力更强，同时覆盖了诸多专业领域，背靠百度大平台。

讯飞星火，背靠科大讯飞，包含通过语音指令进行搜索等多项功能。

通义千问，背靠阿里巴巴，由阿里云提供，是由阿里达摩院研发的、专门响应指令的人工智能大模型。

Kimi，是由北京月之暗面公司开发的一款智能助手软件产品，在长文本处理上占据极大优势。

豆包，背靠字节跳动大平台，是一款非常不错的人工智能软件。

除上述 5 款人工智能外，像纳米 AI、秘塔写作猫等国内的多款其他人工智能效果也非常不错，同时国外还有 Chat GPT、Open Ai 等多款人工智能，在指令调试的过程中，展现的效果也很好。

而在本书中，我们做的所有指令调试全部以 DeepSeek 为主，其他人工智能为辅。条件允许的话，大家可以使用 DeepSeek 来进行调试。我们在小说创作时，也要尽最大可能让人工智能起到辅助功效！

第 2 章

小说书名，借助人工智能一键生成

本章我们来讲解用 DeepSeek 辅助小说书名生成。

本章中，所有的小说书名调试，均默认调试的选题内容为：

主角在玩《黑神话：悟空》时，意外穿越到了黑神话世界，想要逃离游戏世界，就必须顺利通关，并找到真正的幕后大 boss。

2.1 四核心三元素法

在具体调试前，我们先带大家了解一套公式，如下：

主题 + 情节 + 角色 + 情感基调 +（关键词 + 核心元素① + 核心元素②）

表 2-1 公式释义表

公式名词	小说释义	对应案例
主题	小说的核心思想，贯串整本小说故事	主角穿越到黑神话世界，并迫切想回到原世界
情节	一般包括小说事件发展四要素，即事件起因、经过、高潮和结果	主角在玩《黑神话：悟空》时，意外按下一个特殊按钮，进入黑神话世界，并洞察到一场天大的阴谋
角色	如果出现同人且知名度较高的角色，可以直接填写；如果没有该类型的角色，则直接填写主角名字	孙悟空

续表

公式名词	小说释义	对应案例
情感基调	小说所要传达出来的情感氛围，比如悲伤、紧张、惊悚、欢乐，但一般以欢乐和紧张为主要情绪	搞笑
关键词	能概括、突出主题的相关字词，比如题材	仙侠、穿越
核心元素①	小说中不可或缺的元素，一般是对故事推动起关键作用的元素，用于书名调试的补充说明和做约束项	BOSS
核心元素②	小说中不可或缺的元素，一般是对故事推动起关键作用的元素，用于书名调试的补充说明和做约束项	系统

我们对 DeepSeek 调试如下：

请针对下方内容帮我起 10 个小说书名，每个书名字数都在 15 字左右，要求具备以下元素：

主题：主角穿越到黑神话世界，并迫切想回到原世界的故事。

情节：主角玩《黑神话：悟空》，意外按下一个特殊按钮，进入黑神话世界，并洞察到一场天大的阴谋。

角色：孙悟空。

情感基调：搞笑。

关键词：仙侠、穿越。

核心元素①：BOSS。

核心元素②：系统。

DeepSeek 输出：

以下是结合您要求，生成的 10 个幽默风格小说书名（均控制在 10～15 字）：

1. **《穿越黑神话：我的系统是 BUG》**（系统自黑 + 代码元素）
2. **《大圣，你的 BOSS 被我卡 bug 了！》**（游戏术语 + 西游互动）
3. **《这个穿越者把天庭当副本刷》**（网游化世界观）
4. **《悟空求求你别再搞事了》**（反向吐槽经典角色）
5. **《我在黑神话当 BUG 的日子》**（系统异常设定）
6. **《BOSS 别过来！我只想回原世界》**（求生欲拉满）
7. **《误入仙侠游戏后我成了 BUG》**（程序故障梗）
8. **《大圣，你家的阴谋漏电了》**（现代词汇混搭）
9. **《这个系统总让我打 BOSS 怎么办》**（被迫营业既视感）
10. **《穿越者今天也在努力卡回城》**（谐音梗 + 游戏术语）

接下来我们进行第 2 轮调试，“同类对比”。

释义：“同类对比”的本质是把市面上已知的优秀小说书名拿过来，让 DeepSeek 去学习，同时让它生成与该书名相似的书名，并且兼顾我们的四核心三元素调试指令。

已知优秀的小说书名如下：

《穿越黑神话，觉醒最强天命人系统》

我们对 DeepSeek 调试如下：

在生成小说书名时，按照上述标准，同时要尽可能仿照下方小说书名生成三个书名，供我选择。

《穿越黑神话：觉醒最强天命人系统》

Deepseek 输出：

1.《**穿越黑神话，开局绑定反向攻略系统**》（前半句点题穿越事件，后半句用“反向攻略”制造反套路笑点）

2.《**穿越黑神话，BOSS 求我别卡 BUG 了**》（前半句世界观锚定，后半句用“求我”突出主角的非常规操作）

3.《**穿越黑神话，我的系统专克天命人**》（沿用“天命人”概念，但通过“专克”制造系统与主角的搞笑对抗）

接下来我们进行第 3 轮调试，“趣味可读”。

释义：在人工智能完成所有的内容调试，且符合标准后，一定要再让人工智能针对上方信息整合起来，重新生成一次，并尽最大可能符合市场性、商业性。我们对其下达通用调试指令如下：

调试的书名要尽可能具备趣味性、可读性，请结合上述信息，重新帮我生成两个小说书名。

DeepSeek 输出：

1.《**穿越黑神话，我的系统总想坑我**》——前半句点题穿越事件，后半句用“总想坑我”突出系统与主角间的搞笑互动，制造反套路笑点。

2.《**穿越黑神话，BOSS 求我别开挂了**》——前半句世界观锚定，后半句用“求我别开挂”强调主角的非常规操作，增加趣味性和可读性。

2.2　一点五位调试法

在具体调试前，先带大家了解一套公式，如下：

关键点 + 关键位① + 关键位② + 关键位③ + 关键位④ + 关键位⑤

表 2-2　公式释义表

公式名词	小说释义	对应案例
关键点	小说中最核心的角色或关键词，如果是同人文，那么角色放在关键点；如果不是同人文，那么题材或题材中的金手指放在关键点	孙悟空
关键位①	小说中不可或缺的元素，一般是对故事推动起关键作用的元素，用于书名调试的补充说明和做约束项	《黑神话：悟空》
关键位②		穿越
关键位③		天命人
关键位④		仙侠
关键位⑤		系统

我们对 DeepSeek 调试如下：

请帮我起 10 个小说书名，每个书名字数都在 15 字左右，要求具备以下元素。
小说中的关键词如下：
【孙悟空】+【黑神话：悟空】+【穿越】+【天命人】+【仙侠】+【系统】

DeepSeek 输出：

1. **《悟空弑神录：黑神话系统重启三界》**（融合核心关键词，突出弑神主线）
2. **《天命行者：大圣的现代渡劫模拟器》**（以系统为核心构建修行体系）
3. **《黑悟空穿越指南：我在仙侠当 BUG》**（诙谐风格突出穿越矛盾）
4. **《齐天策 · 系统教我改写西游天命》**（古风标题强化宿命对抗）
5. **《大圣代码 404：黑神话仙侠生存日志》**（用科技感隐喻系统机制）

6.《被系统劫持的孙悟空》（制造悬念式标题）
7.《天命悖论：黑悟空的重启仙侠档案》（突出轮回与宿命冲突）
8.《大圣的第九十九次系统格式化失败》（用数字强化穿越轮回感）
9.《黑神话协议：悟空拒绝成为天命人》（用“协议”暗合系统设定）
10.《斗战圣猿的赛博渡劫说明书》（古今元素碰撞制造反差）

“同类对比”和“趣味可读”同 2.1 小节，略。

2.3　七核心元素法

在具体调试前，我们先带大家了解一套公式，如下：

主角 + 故事发生地点 + 主要事件 + 主题 + 题材 + 情感 + 氛围词

表 2-3　公式释义表

公式名词	小说释义	对应案例
主角	小说中最为核心的角色，如果是同人文，那么角色直接为同人文中的角色；如果不是同人文，则为主角名字即可	孙悟空
故事发生地点	小说发生的地点，可以是真实的，也可以是虚构的	游戏世界
主要事件	小说中最为重要的事件或转折点，一般用于推动情节发展	主角在玩《黑神话：悟空》时，意外穿越到游戏世界，成为了天命人
主题	小说所需要传达出来的核心思想，可以是关于人性的、勇气的，也可以是正义的	我命由我不由天
题材	小说的题材方向，比如历史、悬疑、脑洞等	游戏题材

续表

公式名词	小说释义	对应案例
情感	小说中主角宣泄出来的情绪，可以是侠义精神，也可以是内心挣扎	侠义精神
氛围词	小说部分场景中烘托出来的氛围或情感	搞笑

我们对 DeepSeek 调试如下：

请针对下方内容，帮我起 10 个小说书名，每个书名字数都在 15 字左右，要求具备以下元素。

小说中的核心要素如下：

【孙悟空】+【游戏世界】+【主角在玩《黑神话：悟空》时，意外穿越到游戏世界，成为了天命人】+【我命由我不由天】+【游戏题材】+【侠义精神】+【搞笑】

DeepSeek 输出：

1. **《键盘西游：天命人爆笑斩妖升级指南》**（融合游戏操作与传统西游）
2. **《我命由我：大圣养成游戏 BUG 全记录》**（突出反叛精神与游戏设定）
3. **《黑神话玩家 404：这个悟空不正经》**（加入网络流行梗与角色反差）
4. **《金箍棒当游戏手柄的日子》**（器物穿越 + 现代元素混搭）
5. **《天命人取经直播间》**（融入直播时代特征）
6. **《大圣养成计划：我的侠客行有点歪》**（正经侠义与搞笑反差的碰撞）
7. **《NPC 觉醒：这届玩家太难带了》**（主视角转换制造幽默）
8. **《游戏故障警告：您正在扮演齐天大圣》**（用系统提示构建悬念）
9. **《猴哥模拟器：从菜鸟到逆天改命》**（成长线 + 核心主题）
10. **《当黑神话 BOSS 开始吐槽玩家》**（视角反转制造喜剧效果）

“同类对比”和“趣味可读”同 2.1 小节，略。

2.4　小作业

请针对下方选题，同时借助“四核心三元素法”“一点五位调试法”“七核心元素法”生成小说书名，并挑选出你认为最优的书名。

题材一：现代都市青年意外获得穿越时空的能力，穿梭于不同的历史时期，见证并参与一系列重大历史事件，且逐渐揭开自己的身世之谜。

四核心三元素法最优书名①：

四核心三元素法最优书名②：

一点五位调试法最优书名①：

一点五位调试法最优书名②：

七核心元素法最优书名①：

七核心元素法最优书名②：

题材二：未来世界，一款名为《星际争王》的虚拟现实游戏风靡全球，主角通过玩该款游戏，最终实现带领人类成功抵御外星侵略的伟大目标。

四核心三元素法最优书名①：

四核心三元素法最优书名②：

一点五位调试法最优书名①：

一点五位调试法最优书名②：

七核心元素法最优书名①：

七核心元素法最优书名②：

题材三： 末日横空出现，主角依靠金手指侥幸摆脱危机，并最终发现末日的幕后黑手，一举将其击溃。

四核心三元素法最优书名①：

四核心三元素法最优书名②：

一点五位调试法最优书名①：

一点五位调试法最优书名②：

七核心元素法最优书名①：

七核心元素法最优书名②：

题材四：过气女明星意外偶遇失忆顶流男艺人，二人相视如故，展开了一段你侬我侬的爱情戏。但女明星意外发现：顶流男艺人是故意失忆的财阀继承人！

四核心三元素法最优书名①：

四核心三元素法最优书名②：

一点五位调试法最优书名①：

一点五位调试法最优书名②：

七核心元素法最优书名①：

七核心元素法最优书名②：

题材五：穿越到平行世界娱乐圈的恶毒女配，绑定了正能量系统，准备大展宏图，但系统突然发生变异，引导主角每说一句脏话，就奖励 1000 能量值，可以在商城购物，意外走红黑红人设。

四核心三元素法最优书名①：

四核心三元素法最优书名②：

一点五位调试法最优书名①：

一点五位调试法最优书名②：

七核心元素法最优书名①：

七核心元素法最优书名②：

第3章

小说简介，借助人工智能轻松调试

本章我们来讲解用DeepSeek辅助小说简介生成。

本章中，所有的小说简介调试，均默认调试的选题内容为：

张三作为现代医生，在忙完一场手术后，阴差阳错穿越到了古代。他利用现代医学知识，帮助古代人医治各种疾病，并成为一代医神。

3.1 顺序微调法小说简介调试

在具体调试前，我们先带大家了解一套公式，如下：

背景设定 + 主角介绍 + 核心冲突 + 故事走向 / 悬念

表3-1 公式释义表

公式名词	小说释义	对应案例
背景设定	小说故事发生的时代、背景、环境、世界观等基本信息	现代都市的张三穿越到架空历史王朝：大晟王朝
主角介绍	主角的身份、性格、外貌特征，以及是否有特殊能力、金手指等信息	张三是现代都市三甲医院的主治大夫，中西医结合，医术高超，在全球享有盛誉
核心冲突	主角所面对的主要矛盾或问题，可以是主角与外部环境的冲突，也可以是主角内心矛盾的冲突	刚穿越到大晟王朝，就发现整个王朝的子民都得了一种奇怪的疫病

续表

公式名词	小说释义	对应案例
故事走向/悬念	故事的大致走向、结局的预示。悬念则指留下的未解之谜，以及引人期待的剧情或环节	张三阴差阳错揭了皇榜，被迫给皇后治病，治好还则罢了，治不好很有可能人头落地

我们对 DeepSeek 调试如下：

请针对下方内容帮我生成小说简介，字数在 300 字左右，要求具备以下元素。

背景设定：现代都市的张三，穿越到架空历史王朝——大晟王朝。

主角介绍：张三是现代都市三甲医院的主治大夫，中西医结合，医术高超，在全球享有盛誉。

核心冲突：刚穿越到大晟王朝，就发现整个王朝的子民都得了一种奇怪的疫病。

故事走向 / 悬念：张三阴差阳错揭了皇榜，被迫给皇后治病，治好还则罢了，治不好很有可能人头落地。

DeepSeek 输出：

急诊室的最后一场手术结束后，张三发现自己跪在鎏金蟠龙柱下。作为享誉全球的中西医双料圣手，此刻他正攥着半幅浸透冷汗的皇榜——那上面赫然写着「三日不愈，诛九族」。

大晟王朝正被「赤瞳症」侵染。子民双目赤红如血，咳出的黑痂能在青石板上蚀出孔洞。太医院十三位院士已悬梁自尽，宫墙外堆积着焚烧尸首的焦灰。而凤榻上的皇后更是蹊跷：脉象浮滑似中毒，腹部却诡异地凹陷下去。

「银针探穴要避开冲任二脉，CT 造影换成望气术……」张三将无菌手套换成鲛绡，盯着宫女捧来的镶金脉枕苦笑。当他掀开皇后袖口，赫然看见鳞甲状疱疹正沿着胳膊攀爬——这分明是现代医学记载的「科莫多病毒」，怎么会出现在大晟王朝？

更致命的是御药房送来的人参。切开后渗出的琥珀色汁液，竟与他在现代实验室见过的基因编辑培养基如出一辙。

王大夫不请自来，小声嘀咕道:「张大夫，你当真以为……自己是唯一穿过时空裂隙的医生？」

3.2　微套路小说简介调试

在具体调试前，我们先带大家了解一套公式，如下：

关键名词 + 关键话术① + 好消息 + 坏消息 ×n+ 主角话术① + 关键话术② + 主角话术②

表 3-2　公式释义表

公式名词	小说释义	对应案例
关键名词	小说的题材、主角的金手指、时代背景、是否带系统，或是否爽文等与小说剧情相关的所有关键名词均可列举	【穿越+神医+系统+爽文】
关键话术①	在（时代/世界/地点）的（特殊环境/背景下），（主角姓名/身份），一个（主角特点/初始状态）的（职业/角色），面临着（核心冲突/挑战/任务）	现代都市某三甲医院，主治大夫张三莫名其妙地穿越到了大晟王朝，并遭遇了挑战

续表

公式名词	小说释义	对应案例
好消息	主角面对的好消息	张三是大夫，可以在古代大显身手
坏消息×n	主角面对的系列坏消息	坏消息一：医者不自治，张三没法给自己治病 坏消息二：张三阴差阳错揭了皇榜，被迫给皇后治病，治不好很有可能人头落地 坏消息三：张三被认为是骗子，当地百姓都唾弃、排挤他 坏消息四：御医害怕张三抢了他们的饭碗，准备诬陷他
主角话术①	主角专属话术	我去，就没一个好消息吗
关键话术②	（具体冲突/任务描述），在（情节发展过程中），他/她遇到了（关键角色/事件），并（进行了何种行动/经历了何种变化）	张三历经千难万险，总算医好了皇后，并帮助百姓摆脱了疫病的困扰
主角话术②	主角说气势恢宏的话	我命由我不由天

我们对 DeepSeek 调试如下：

> 请针对下方内容帮我生成小说简介，字数在 300 字左右，要求具备以下元素。
> 关键名词:【穿越＋神医＋系统＋爽文】

关键话术①：现代都市某三甲医院，主治大夫张三莫名其妙地穿越到了大晟王朝，并遭遇了挑战。

好消息：张三是大夫，可以在古代大显身手。

坏消息一：医者不自治，张三没法给自己治病。

坏消息二：张三阴差阳错揭了皇榜，被迫给皇后治病，治不好很有可能人头落地。

坏消息三：张三被认为是骗子，当地百姓都唾弃、排挤他。

坏消息四：御医害怕张三抢了他们的饭碗，准备诬陷他。

主角话术①：我去，就没一个好消息吗？

关键话术②：张三历经千难万险，总算医好了皇后，并帮助百姓摆脱了疫病的困扰。

主角话术②：我命由我不由天。

DeepSeek 输出：

“我去，就没一个好消息吗？”张三盯着铜镜里陌生的古装青年，胃部绞痛与高热让他眼前发黑。前日他还是现代三甲医院的顶尖专家，此刻却成了大晟王朝揭错皇榜的倒霉蛋。系统面板在视网膜上闪烁：【功德兑换系统已激活，首单任务：治愈皇后；失败惩罚：器官衰竭。】

坏消息接踵而至——揭榜治不好皇后要掉脑袋；被百姓当成江湖骗子追打；御医集团暗中下毒陷害；更讽刺的是，自己这具穿越来的身体正被疫病侵蚀。张三攥紧袖中银针，望着皇宫方向冷笑：“医者不自医？那便拿天下做诊室。”

当他在金銮殿用自制青霉素救醒皇后；当他在瘟疫区剖开患者脓肿并做外科手术；当他在太医院擂台上以针灸逼出宰相体内蛊虫，功德值在系统里疯狂跳动。百姓称他“活阎罗”，帝王赐他“紫玉虎符”，而暗处淬毒的银簪早已抵住他后颈——

“我命由我不由天。”张三反手扣住刺客命门，系统突然弹出红色警报：【检测到时空乱流，宿主真实身份解锁倒计时……】

3.3 因果并联小说简介调试

在具体调试前，我们先带大家了解一套公式，如下：

背景设定+主角身份+触发事件+主要冲突+解决冲突+冒险/成长+挑战+结局

表3-3 公式释义表

公式名词	小说释义	对应案例
背景设定	交代故事发生的时代背景	架空大晟王朝
主角身份	交代主角的身份，如果主角身份特殊，且牵扯到因果关系的话，可以侧重描写	张三是现代都市三甲医院的主治大夫，中西医结合，医术高超，在全球享有盛誉，莫名其妙地穿越到了大晟王朝
触发事件	主角经历的第1次危机原因	张三阴差阳错揭了皇榜
主要冲突	开篇主角遇到的最大矛盾或冲突	张三被迫给皇后治病，治不好很有可能人头落地
解决冲突	主角解决这次矛盾冲突的办法	张三借助现代医学，治好了皇后的病
冒险/成长	通过解决此次矛盾，主角获得的成长	张三在大晟王朝站稳了脚跟，且拥有了自己的第一家医馆
挑战	接下来主角可能面对的几类困难	御医眼红张三的医术，开始针对他；朝堂有一股莫名的势力，与张三说不清道不明
结局	小说的最终结局	张三拥有了自己的医馆，并终成一代名医

我们对 DeepSeek 调试如下：

> 请针对下方内容帮我生成小说简介，字数在 300 字左右，要求具备以下元素。
>
> **背景设定：**架空大晟王朝。
>
> **主角身份：**张三是现代都市三甲医院的主治大夫，中西医结合，医术高超，在全球享有盛誉，莫名其妙地穿越到了大晟王朝。
>
> **触发事件：**张三阴差阳错揭了皇榜。
>
> **主要冲突：**张三被迫给皇后治病，治不好很有可能人头落地。
>
> **解决冲突：**张三借助现代医学，治好了皇后的病。
>
> **冒险 / 成长：**张三在大晟王朝站稳了脚跟，且拥有了自己的第一家医馆。
>
> **挑战：**御医眼红张三的医术，开始针对他；朝堂有一股莫名的势力，与张三说不清道不明。
>
> **结局：**张三拥有了自己的一家医馆，并终成一代名医。

DeepSeek 输出：

> 铜盆里的血水映出张三错愕的脸，三天前他还是享誉国际的医学教授，此刻却跪在雕龙画凤的寝殿里。手腕还残留着揭皇榜时被衙役扣出的淤青——他不过想凑近看看古代医书，怎料就成了大晟王朝唯一能救皇后性命的“神医”。
>
> “脉象沉涩，舌苔紫斑，分明是败血症。”张三强压心悸，在满殿御医讥诮的目光中，将煮沸的桑皮纸裹住银针消毒。当他把大蒜素混着米酒灌入皇后喉中时，老太医的嗤笑声戛然而止：昏迷月余的娘娘竟睁开了眼。
>
> 圣上亲赐的“悬壶金匾”刚挂上医馆门楣，暗箭已至。
>
> “张神医，北境急报！”药童撞开诊室时，张三正用肠衣缝合线给乞丐接断指。窗外马蹄声震，他抓起自制的磺胺药粉翻身上马，官袍下藏着从现代带来的最后三支抗生素……

3.4 小作业

请针对下方选题，同时借助“顺序微调法”“微套路法”“因果并联法”生成小说简介，挑选出你认为最优的简介。

题材一：极具天赋的长跑运动员张三，遭遇了一次莫名的病变，自此出行必带轮椅，且无法再次在长跑赛事上大放异彩。随着谜团步步揭开，张三突然意识到：自己遭遇的病变并不是偶然，而是某些人刻意为之，并通过现有的医疗技术恢复了长跑巅峰实力，一举夺得世界冠军。

顺序微调法 DeepSeek 简介：

微套路法 DeepSeek 简介：

因果并联法 DeepSeek 简介：

题材二：一位为了家族利益而被迫选择不婚不育的总裁，意外与一位普通女孩相遇并相知相爱，二人在相互隐藏身份的前提下，展开了一段秘密恋情，最终恋情曝光，有情人终成眷属。

顺序微调法 DeepSeek 简介：

微套路法 DeepSeek 简介：

因果并联法 DeepSeek 简介：

题材三：在现实世界中默默无闻的张三因一场意外，进入了超现实虚拟游戏世界，并在游戏世界中展现惊人天赋，可直到后面才发现，张三跌入超现实虚拟游戏世界并不是偶然，而是某一势力刻意为之，更要命的是，所谓的超现实虚拟游戏世界才是真实的世界，而现实世界则是一个纯粹的虚拟游戏世界。

顺序微调法 DeepSeek 简介：

微套路法 DeepSeek 简介：

因果并联法 DeepSeek 简介：

题材四：基因公司推出“超级无敌学霸人生”体验包，主角购买套餐后本想着考试时大放异彩，却没想到该套餐体验包已经被黑客入侵，且沾染了某些不知名的病毒。

顺序微调法 DeepSeek 简介：

微套路法 DeepSeek 简介：

因果并联法 DeepSeek 简介：

题材五：夜间突然出现在街角的寿命当铺，任何有需要的人都可以用自己的寿命来兑换愿望。张三作为当铺的唯一店员，突然遇到一位奇怪的客人！

顺序微调法 DeepSeek 简介：

微套路法 DeepSeek 简介：

因果并联法 DeepSeek 简介：

题材六：游戏角色觉醒意识，莫名爱上了找 Bug 的程序员，紧随其后，游戏角色持续升级，成了威胁人类安全的存在。

顺序微调法 DeepSeek 简介：

微套路法 DeepSeek 简介：

因果并联法 DeepSeek 简介：

第4章

小说大纲，人工智能一键生成

本章我们来讲解用 DeepSeek 辅助小说大纲生成。

本章中，所有的小说大纲调试，均默认调试的选题内容为：

一位骄傲的霸道总裁在失去女主角后，才意识到她是自己的挚爱，于是展开了一场啼笑皆非的追妻日常，最终，通过真诚和行动赢回了女主角的心。

4.1 小说大纲通用模板

在具体调试前，我们先带大家了解一套公式，如下：

小说大纲八要素 = 小说基本信息 + 故事梗概 + 人物设定 + 环境设定 + 情节展开 + 关键事件转折点 + 主题深化 + 结尾设想

表 4-1 公式释义表

大纲八要素	大纲名词	名词释义	针对选题做调试指令
小说基本信息	书名	这本小说的书名原则上在15个字以内，简洁明了，具备趣味性	《最强婚宠：霸道总裁爱上我》
	题材类型	小说创作的具体题材，比如历史、玄幻、科幻、言情等	都市言情
故事梗概	主要情节	小说的主要情节，用一句话简单阐述	当爱逝去时，才意识到爱情的可贵

续表

大纲八要素	大纲名词	名词释义	针对选题做调试指令
故事梗概	核心冲突	小说中与主角相关的最核心的矛盾或冲突	爱而不能得的痛苦
	主题思想	小说想要表达出来的主题思想或核心价值观念	爱就在眼前，要珍惜当下
人物设定	男主角	男主角的身份、性格、成长经历、目标追求，用一句话简单阐述	张三，霸道总裁，事业型男性，对爱情后知后觉
	女主角	女主角的身份、性格、成长经历、目标追求，用一句话简单阐述	李思思，天真烂漫，有上进心，对深爱之人不离不弃
	男配角	男配角的身份、性格、成长经历、目标追求，用一句话简单阐述	王五，狗头军师，经常出馊主意
	女配角	女配角的身份、性格、成长经历、目标追求，用一句话简单阐述	赵柳，侠义精神，敢于为女主李思思打抱不平
	反派角色	反派角色的身份、性格、成长经历、目标追求，用一句话简单阐述	孙七，李思思的追求者，为达目的不择手段，暗中拱火，四处撺掇

续表

大纲八要素	大纲名词	名词释义	针对选题做调试指令
环境设定	时代背景	小说剧情发生的时代，比如现代都市、历史架空	现代都市
	地理环境	小说剧情发生的地理位置，比如城市、乡村	霓虹市，虚构的一座大城市
	社会环境	小说剧情存在的风俗习惯、文化氛围	与现代都市无异
情节展开	开篇	黄金500字引出主要矛盾、预留钩子，引导读者持续阅读	张三作为事业型霸总，压根没有意识到生活不只有工作，与李思思的感情越来越远
	发展	主角遇到的挑战、困难、危机，其他人物陆续登场后，主角的破局之路	李思思与张三的矛盾越来越大。王五作为狗头军师，出完馊主意后，被赵柳误会，双方矛盾加深
	高潮	主角面临的最大困难和最大挑战，以及如何完美地解决此次危机	孙七暗中拱火，使劲撺掇，导致张三和李思思的感情裂痕变大，且有离婚的迹象，而在离婚的前一刻，张三突然意识到自己的错误所在，在过去5年的婚姻中，并没有给李思思带来生活中哪怕一次的关怀

续表

大纲八要素	大纲名词	名词释义	针对选题做调试指令
情节展开	结局	事件的大结局，重点介绍主角是如何解决问题或实现目标的	张三意识到自己的错误，而李思思依旧如往常一般爱着张三，二人的感情也再一次升温。同时李思思也再一次展露了自己的商业天赋，如过去5年般，为张三解决一次又一次的商业危机
关键事件转折点	关键事件转折点	列举小说当中存在的关键事件，这些关键事件对故事的发展具有重大影响	关键事件一：离婚前夜，李思思依旧在帮助张三梳理商业上的难题 关键事件二：狗头军师王五在开车送张三去办理离婚手续时，随口感慨的一句话，让张三突然意识到自己过去做的事有多么愚蠢，想到自己对爱人的持续性冷漠，愧疚感再次涌上心头
主题深化	主题深化	小说的核心主题思想再一次深化	爱就在眼前，要珍惜当下
结尾设想	结尾设想	小说结局的具体构想，是圆满结局、悲剧结局，还是开放式结局	张三和李思思感情升温，过起了幸福美满的日子

4.2 大纲一键生成

我们对 DeepSeek 调试如下：

请针对下方内容，帮我生成小说大纲，字数在 1000 字左右，大纲框架如下。

小说基本信息：

① 书名：《最强婚宠：霸道总裁爱上我》；

② 题材类型：都市言情。

故事梗概：

① 主要情节：当爱逝去时，才意识到爱情的可贵；

② 核心冲突：爱而不能得的痛苦；

③ 主题思想：爱就在眼前，要珍惜当下。

人物设定：

① 男主角：张三，霸道总裁，事业型男性，对爱情后知后觉；

② 女主角：李思思，天真烂漫，有上进心，对深爱之人不离不弃；

③ 男配角：王五，狗头军师，经常出馊主意；

④ 女配角：赵柳，侠义精神，敢于为女主李思思打抱不平；

⑤ 反派角色：孙七，李思思的追求者，为达目的不择手段。暗中拱火，四处撺掇。

环境设定：

① 时代背景：现代都市；

② 地理环境：霓虹市，虚构的一座大城市；

③ 社会环境：与现代都市无异。

情节展开：

① 开篇：张三作为事业型霸总，压根没有意识到生活不只有工作，与李思思的感情越来越远；

② 发展：李思思与张三的矛盾越来越大，王五作为狗头军师，出完馊主意后，被赵柳误会，双方矛盾加深；

③ 高潮：孙七暗中拱火，使劲撺掇，导致张三和李思思的感情裂痕变大，且有离婚的迹象。而在离婚的前一刻，张三突然意识到自己的错误所在，在过去5年

的婚姻生活中，并没有给予李思思哪怕一次的关怀；

④ 结局：张三意识到自己的错误，而李思思依旧如往常一般爱着张三,二人的感情也再一次升温。同时李思思也再一次展露了自己的商业天赋，如过去5年般，为张三解决一次又一次的商业危机。

关键事件转折点：

① 关键事件一：离婚前夜，李思思依旧在帮助张三梳理商业上的难题；

② 关键事件二：狗头军师王五在开车送张三去办理离婚手续时，随口感慨的一句话，让张三突然意识到自己过去做的事有多么愚蠢，想到自己对爱人的持续性冷漠，愧疚感再次涌上心头。

主题深化：

爱就在眼前，要珍惜当下。

结尾设想：

张三和李思思感情升温，过起了幸福美满的日子。

DeepSeek 输出：

《最强婚宠：霸道总裁爱上我》小说大纲

一、小说基本信息

书名:《最强婚宠：霸道总裁爱上我》;

题材类型：都市言情（甜宠+追妻火葬场）;

基调：情感细腻，矛盾冲突激烈，结局温暖治愈。

二、故事梗概

主线：事业狂霸总张三因忽视婚姻，险些失去深爱他的妻子李思思，最终幡然醒悟，学会珍惜眼前人。

核心冲突：张三的冷漠与李思思的隐忍形成情感撕裂，反派孙七的阴谋加速两人关系破裂。

主题：爱需要双向奔赴，错过才知珍贵，但破镜亦可重圆。

三、人物设定

角色	性格/定位	关键行为/作用
张三	冷酷霸总，工作狂	前期忽视婚姻，后期追妻火葬场
李思思	温柔坚忍，商业天才	默默守护婚姻，用行动证明爱意
王五	狗头军师，嘴欠但忠心	推动误会，无意间点醒张三
赵柳	直爽闺蜜，护短侠女	揭穿阴谋，助攻男女主和解
孙七	偏执反派，伪君子	制造误会，挑拨离间

四、环境设定

时代背景：现代都市霓虹市，商战暗涌，纸醉金迷。

地理符号：张三的集团大厦（冰冷玻璃幕墙象征情感隔阂）；

李思思的咖啡书屋（暖色调空间代表她内心的温暖）。

社会隐喻：快节奏都市中情感被物质异化的现实困境。

五、情节展开

开篇：失衡的婚姻

场景：张三在深夜会议室敲定跨国并购案，李思思独自在家整理他五年未拆的生日礼物。

冲突：李思思高烧晕倒，张三却因开会挂断求救电话。

伏笔：孙七在宴会中偷拍张三与女客户借位照。

发展：狗头军师的馊主意。

关键事件：王五提议张三用“假离婚”刺激李思思服软。

误会升级：赵柳撞见张三拟离婚协议，怒撕文件痛骂其负心。

反派行动：孙七将伪造的出轨照寄给李思思。

高潮：离婚倒计时

名场面 1：去民政局前夜，李思思熬夜帮张三破解对手数据攻击。

名场面 2：王五车上感叹："夫人这五年替您挡过多少暗箭啊？"

转折点：张三意识到自己是如此地爱李思思。

结局：破镜重圆

追妻名场面：张三当众下跪道歉，用李思思当初给自己买的戒指重新求婚。

事业线收尾：夫妻联手揭发孙七商业间谍罪，李思思成集团首席战略官。

主题呼应：张三购买了一辆豪车，每天准时回家陪妻子吃饭。

六、关键转折设计

事业伏笔：张三每次危机化解后出现的匿名方案，最终揭晓是李思思的手笔。

道具象征：破碎的咖啡杯被张三亲手粘合，隐喻修补婚姻裂痕。

七、主题深化

对比手法：

张三的劳斯莱斯 vs 李思思的二手自行车

总裁办公室监控屏 vs 家中布满灰尘的婚纱照

金句设计：

"我用五年教会你爱我，可你连五分钟都不肯分给我。"

"商战输了可以重来，弄丢了你，我才是真的一无所有。"

八、结尾升华

场景：李思思在集团年会上发表就职演说，张三当众为她戴上重新定制的婚戒。

留白：镜头定格在两人无名指交叠的婚戒，背景是二人合照。

题眼："最强婚宠，从学会低头开始。"

字数统计：约 1000 字。

亮点：将商战谋略与情感纠葛交织，用细节道具推动情节，强化"珍惜眼前人"的共鸣。

4.3 人工智能解决卡剧情问题

在具体调试前，我们先带大家了解一套公式如下：

明确问题＋生成侧重角色＋角色动机＋背景深化＋情节逻辑自查＋多视角探索＋情感氛围营造＋情节分支预测

表 4-2 公式释义表

公式名词	小说释义	对应案例
明确问题	清晰描述当前卡住的剧情点	张三和李思思矛盾加剧，一怒之下，李思思提出离婚
生成侧重角色	除主角以外，其他角色是否有对应戏份？如果有，请简略描写	王五原本想给张三出一个好主意，阴差阳错成了馊主意，导致张三和李思思矛盾更加激化，同时赵柳开始为李思思打抱不平
角色动机	核心重要的2～3位角色，他们的主要目标或诉求	王五好心办坏事儿，出主意反而不落好； 赵柳坚定地维护闺蜜李思思的权益，不愿意让好闺蜜受到如此这般伤害
背景深化	核心重要的2～3位角色做出某些动作，或有某些诉求的更深层次原因，或对人物的主观能动性做分析	王五之前做生意赔了300万，张三主动帮王五渡过这个难关。正因如此，王五才鞍前马后给张三出谋划策，为张三排忧解难
情节逻辑自查	指令话术，一键套用即可	请审查帮我生成的主线或支线，不得有逻辑硬伤，尤其是主角在面临抉择或有所行动时

续表

公式名词	小说释义	对应案例
多视角探索	站在除主角以外的支线人物角度，更合理地设计剧情，让剧情更加饱满	张三在向李思思道歉时，赵柳会作何反应？
情感氛围营造	描述当前剧情的氛围，让人工智能生成更符合我们需求的剧情	整体偏悲剧
情节分支预测	让人工智能帮我们生成几种不同的情节发展方向	方向一：张三和李思思重归于好； 方向二：张三和李思思矛盾激增，最终达到无可挽回的地步

我们对 DeepSeek 可调试如下：

请针对下方内容，帮我生成几个不同方向的小说剧情，供我提供写作思路。

明确问题：张三和李思思矛盾加剧，一怒之下，李思思提出离婚。

生成侧重角色：王五原本想给张三出一个好主意，阴差阳错成了馊主意，导致张三和李思思矛盾更加激化，同时赵柳开始为李思思打抱不平。

角色动机：王五好心办坏事，出主意反而不落好；赵柳坚定地维护闺蜜李思思的权益，不愿意让好闺蜜受到如此这般伤害。

背景深化：王五之前做生意赔了 300 万，张三主动帮王五渡过这个难关。正因如此，王五才鞍前马后给张三出谋划策，为张三排忧解难。

情节逻辑自查：请审查帮我生成的主线或支线，不得有逻辑硬伤，尤其是主角在面临抉择或有所行动时。

多视角探索：张三在向李思思道歉时，赵柳的反应如何？

情感氛围营造：整体偏悲剧。

情节分支预测：

方向一：张三和李思思重归于好；

方向二：张三和李思思矛盾激增，最终达到无可挽回的地步。

DeepSeek 输出：

方向一：误解成局，覆水难收（悲剧主线）

核心冲突：王五的“善意谎言”成为压垮婚姻的最后一根稻草。

关键事件设计：

1. 馊主意诞生：王五为缓和矛盾，建议张三伪造“商业联姻”假象刺激李思思。

2. 致命误会：李思思收到匿名寄来的“张三与豪门千金订婚”新闻通稿（实为孙七伪造），叠加张三连续三天失联危机，彻底心灰意冷。

3. 赵柳暴击：当张三捧着玫瑰道歉时，赵柳当众甩出李思思的手术报告（隐藏线：两个月前李思思独自手术，未告知张三）。

逻辑自查：

王五提议动机合理：曾受张三 300 万元的恩情，试图用商战思维解决情感问题；

李思思沉默手术：呼应她“默默付出”人设，且长期被忽视形成心理阴影；

张三失联合理性：孙七同时发动针对集团的股权狙击战 。

多视角反应：

赵柳在张三道歉时冷笑：“你现在演深情给谁看？她独自扛下一切时，你在和孙七的妹妹喝订婚酒！”

张三震惊追问，赵柳撕碎病历砸向他：“你到现在还在假装什么都不知道？”

悲剧支线发展：

李思思彻底封闭内心，将咖啡书屋转赠赵柳后消失；

张三发现李思思五年来藏在书房的日记，在阅读时崩溃；

孙七趁机收购张三核心产业，王五为赎罪卧底取证，却坠海身亡。

主题呈现：有些裂痕无法用忏悔弥补。

方向二：以爱为名的囚徒困境（心理向悲剧）

核心冲突：所有人都在“为对方好”，却把彼此推入深渊。

关键事件设计：

1. 善意陷阱：王五建议张三买下李思思公司，逼她回归家庭；

2. 信任崩塌：张三为“保护”妻子强行将她软禁在家，李思思用台灯砸碎玻璃窗，跳窗时被碎片割伤动脉；

3. 血色救赎：赵柳破门而入，发现李思思用血在窗帘写满“自由”。

逻辑自查：

张三控制欲升级：源于童年原生家庭不幸的创伤；

李思思反抗逻辑：发现张三电脑里长达三年的监控记录；

王五持续犯错：为掩盖 300 万元旧债，不断出昏招。

多视角反应：

赵柳逼问张三：“你以为折断她翅膀就能留住爱情？”

张三跪在 ICU 外喃喃：“我只是怕她不爱我了……”

悲剧支线发展：

李思思骨折住院，张三每天向她忏悔；

赵柳联合董事会成员罢免张三，直接夺权。

主题呈现：病态占有比背叛更摧毁爱情。

方向三：罗生门式命运玩笑（黑色幽默悲剧）

核心冲突：连环误会造就荒诞结局。

关键事件设计：

1. 啼笑皆非的馊主意：王五提议张三假装失忆重启恋爱，却撞见李思思扶醉酒孙七上楼（实际是孙七自导自演）；

2. 雪崩效应：张三赌气搬去公司，李思思误以为他抛弃自己；

3. 致命巧合：赵柳为闺蜜出气，砸张三豪车。张三开车时，引发气囊弹出，致左耳失聪。

逻辑自查：

王五方案可行性：张三曾因车祸短期失忆，李思思当时对他百般照顾。

多视角反应：

张三戴助听器找李思思解释，却被她笑着打断："你连我声音都听不清了，还谈什么心？"

赵柳法庭上怒吼："我宁愿坐牢也不想看她变成第二个我！"（暗示自身类似经历）

悲剧支线发展：

李思思接受心理治疗时，发现已经患了抑郁症；

张三将集团交给王五打理，不再过问公司事。

主题呈现：命运最爱戏弄自以为是的人。

逻辑硬伤防御机制：

1. 王五持续犯蠢合理性：

300 万元债务导致过度讨好心理；

2. 张三行为不自洽排查：

所有极端举动前插入童年闪回；

做关键抉择时展示董事会施压文件；

3. 李思思不沟通解释逻辑：

设定其幼年的悲惨经历。

情感氛围强化方案：

场景意象：反复出现破碎的婚纱照、枯萎的玫瑰、停摆的古董钟。

对白设计：

李思思："你给了我全世界，唯独没给我爱。"

张三："我筑起金笼不是为困住你，是怕自己配不上天空。"

细节：李思思总下意识摸无名指，那里有长期戴婚戒的晒痕。

分支结局预测：

方向一（和好）：

夫妻二人消除误会，张三幡然醒悟，赵柳成为二人挚友，每年过年都来拜访。

方向二（决裂）：

李思思与张三分手，二人再无纠葛。

写作价值点：通过嵌套式误会解构“追妻火葬场”套路，用荒诞笔法揭示亲密关系中的权力博弈，悲剧内核引发对沟通机制的深层思考。

4.4　小作业

已知小说选题如下：现实世界，平平无奇的主角张三意外进入了一款高度真实的虚拟游戏世界，在这款游戏世界中，只有不断挑战强敌，解锁隐藏任务，并最终成为游戏的顶尖玩家，才可以重回现实。

请按 4.1 小节调试生成小说大纲：

暂定剧情为：主角张三解锁了第一个隐藏任务，请设计隐藏任务的完成方案。

请按 4.3 小节调试，生成后续剧情：

已知小说选题如下：主角李四前世因为种种遗憾和错误抱憾终身，却在一起意外事件中获得了重生机会。他决定回到过去，带着对未来的悔恨改变命运，弥补前世的遗憾。

请按 4.1 小节调试生成小说大纲：

暂定剧情为：主角李四刚回到前世，见到已故母亲的第一面，如何表达激动之情？

请按 4.3 小节调试，生成后续剧情：

已知小说选题如下：主角王五是一位在职场中屡受挫折的员工，面对职场的尔虞我诈和激烈竞争，他几乎决定要放弃了。但一次偶然机会，他发现了职场中的重要机遇，并通过自主创业成为世界首富。

请按 4.1 小节调试生成小说大纲：

暂定剧情为：主角发现至关重要的一次职场机遇，该如何运用好这次机遇，实现利益最大化？

请按 4.3 小节调试，生成后续剧情：

已知小说选题如下：主角赵六意外穿越到一个架空的古代王朝，成为了身份显贵的皇子，利用现代智慧和思维解决古代问题，通过改革朝政、发展经济、增强军力，把整个帝国的军事实力推向巅峰。

请按 4.1 小节调试生成小说大纲：

暂定剧情为：赵六第一次领兵行军作战，通过什么计谋，来迅速击溃敌军？

请按 4.3 小节调试，生成后续剧情：

第5章

小说四要素，借助人工智能提供灵感

本章我们来讲解用 DeepSeek 辅助小说情绪描写、环境描写、金手指描写、伏笔描写生成。

本章中，所有的小说四要素调试，均默认调试的选题内容为：

故事背景设定在一场全球性的灾难后，人类文明几乎毁灭殆尽。主角作为一位幸存者在废墟中艰难求生，同时小说将围绕主角找寻其他幸存者，搭建新的社会秩序，以及面对来自人性与自然的双重挑战进行展开。

5.1 情绪描写四维调试模板

在具体调试前，我们先带大家了解一套公式，如下：

环境设定维度 + 人物内心维度 + 外在表现维度 + 情感变化维度

暂定情绪描写如下：

主角作为幸存者，在废墟中艰难求生时的孤独与迷茫。

表 5-1 公式释义表

公式名词	小说释义	对应案例
环境设定维度	故事发生的背景、环境、时间等要素，为情绪的描写做铺垫	突如其来的大灾难后，人类已知的所有科技顷刻间化为齑粉
人物内心维度	挖掘相关角色的内心想法、感受、回忆等，尽最大可能展现出相关角色内心情感世界的复杂性	主角张三回忆起刚刚还在一起把酒言欢的好兄弟、今晚等着自己回家吃饭的父母和爱人，一时间恍若隔世

续表

公式名词	小说释义	对应案例
外在表现维度	挖掘相关角色外在的动作、神态、语言等，尽最大可能展现出相关角色传达出来的情绪	张三眼中有泪却不自知，抬头四处望去，神色中尽显迷茫
情感变化维度	相关角色的情绪变化过程，要展现出情感发展的动态波动来	张三从最开始的极度恐惧和极度迷茫，慢慢转变为找寻失散家人的动力，以及活下去的信念

我们对 DeepSeek 调试如下：

请针对下方内容帮我生成小说主角的情绪描写，字数在 300 字左右，要求具备以下元素。

环境设定维度：突如其来的大灾难后，人类已知的所有科技顷刻间化为齑粉。

人物内心维度：主角张三回忆起刚刚还在一起把酒言欢的好兄弟、今晚等着自己回家吃饭的父母和爱人，一时间恍若隔世。

外在表现维度：张三眼中有泪却不自知，抬头四处望去，神色中尽显迷茫。

情感变化维度：张三从最开始的极度恐惧和极度迷茫，慢慢转变为找寻失散家人的动力以及活下去的信念。

DeepSeek 输出：

（以下是按四维调试法生成的场景描写）

张三的指尖陷进人行道裂缝里，碎玻璃在鞋底发出垂死呻吟。三分钟前还悬浮着全息广告的天空，此刻正飘落着某种灰白色絮状物——那是卫星解体后坠入大气层的残骸。

他无意识摸索着西装内袋，掏出的华为折叠屏簌簌散成金属粉末，混着泪水在掌心凝成银灰色泥浆。明明就在刚刚，王鹏还举着啤酒瓶勾他肩膀大笑道："等拿下这单，咱哥俩去南极看极光！"只一瞬间，恍若隔世。

"今晚包了你最爱的荠菜饺子。"母亲发来的语音似乎还粘在耳膜上发烫。他踉跄着踢开某家奶茶店的电子菜单，荧光碎片里映出自己扭曲的脸。直到咸涩液体坠向下巴，他才惊觉自己在哭，可眼球仍固执地扫描着每个街角——或许旁边还有哪怕一位幸存者。

5.2　环境描写调试通用模板

在具体调试前，我们先带大家了解一套公式，如下：

场景设定 + 氛围营造 + 细节描绘 + 动态变化

暂定环境描写如下：

主角作为幸存者，刚刚从废墟中爬出，重见天日。

表 5-2　公式释义表

公式名词	小说释义	对应案例
场景设定	地点：事件发生的具体地点	A座摩天楼
	时间：事件发生的具体时间	公元7963年
氛围营造	情感基础：相关角色此时具备的情绪	张三无比惊恐
	光线描述：周边环境可能存在的光线	随着头顶的巨石滚动，灾难过后，张三第一次见到了太阳
细节描绘	视觉元素：相关角色看到的场景	外面一片废墟，光线亮得刺眼
	听觉元素：相关角色听到的声音	周围都是刺耳的轰鸣声

续表

公式名词	小说释义	对应案例
细节描绘	嗅觉元素：相关角色闻到的味道	空气中飘来腐烂的腥臭味
	触觉元素：相关角色触摸到的物品	四处摸去，遍地都是碎石
动态变化	天气及其他：外部天气变化或自然现象变化	万里无云，太阳高照
	人物及其他：周边人物、动物或其他活动轨迹	四周空无一人，秃鹫在空中盘旋

我们对 DeepSeek 可调试如下：

请针对下方内容帮我生成该小说场景的环境描写，字数在 300 字左右，要求具备以下元素。

场景设定：A 座摩天楼；公元 7963 年。

氛围营造：张三无比惊恐；随着头顶的巨石滚动，在灾难后，张三第一次见到了太阳。

细节描绘：外面一片废墟，光线亮得刺眼；周围都是刺耳的轰鸣声；空气中飘来腐烂的腥臭味；四处摸去，遍地都是碎石。

动态变化：万里无云，太阳高照；四周空无一人，秃鹫在空中盘旋。

DeepSeek 输出：

（环境描写）

张三的指节在碎石堆里颤抖，他刚掀开最后一块压住逃生通道的混凝土板。视网膜骤然收缩成针尖——七百层高的 A 座摩天楼穹顶早已碎裂，阳光正从锯齿状的金属骨架间倾泻而下，像液态黄金浇在他溃烂的脖颈。这是自永夜灾难后，他第一次看清世界真正的模样。

坍塌的磁悬浮通道如同巨蟒骸骨缠绕楼体，每块破碎的纳米玻璃都在折射着刺目光斑。空气里漂浮着焦黑的絮状物，混合着某种动物内脏发酵的腥膻。东南角传来钢筋断裂的轰鸣，整面幕墙正以慢镜头的姿态向深渊坠落，带起的金属粉尘在光柱中狂舞。

他踉跄着踩碎半具仿生人残骸，钛合金颅骨在军靴下发出电子元件短路的滋滋声。废墟尽头残留着半块霓虹灯牌，“A 座空中花园”的字样在电流紊乱中明灭，那些曾经悬浮在云端的生态穹顶此刻都成了玻璃坟场。秃鹫群突然发出撕裂布帛般的啸叫，它们黑曜石般的翅膀掠过断裂的量子传输塔，在蓝天划出暗色裂痕。

张三踢开脚边碎石，他仰头躲避直射的紫外线，发现整片天空澄净得令人恐惧，没有云层遮蔽的太阳像颗燃烧的白矮星，把每道裂缝都照成发光的伤口。远处传来地基二次坍塌的巨响，声浪裹挟着沙尘扑来时，他看见自己的影子在废墟上碎成千万片。

5.3　金手指描写调试模板

在具体调试前，我们先带大家了解一套公式如下：

能力类型 + 能力特性 + 能力来源 + 能力影响

暂定金手指能力概括如下：空间存储。

表 5-3　公式释义表

公式名词	小说释义	对应案例
能力类型	主角能力的具体分类，比如：时间系能力、元素系能力、空间系能力	空间系能力

续表

公式名词	小说释义	对应案例
能力特性	特点：金手指的与众不同之处，能够给主角带来的利好影响	空间存储，可以把任意物质存储到空间背包中
	限制：金手指使用的限制条件，比如限制使用次数或限制使用时间	一天只能打开两次，且在打开时不得受到外界干扰，每次打开后维持时间为15分钟
能力来源	来源背景：金手指的渊源，金手指是怎样被主角掌握的	一个特殊的渊源，主角阴差阳错，获得了空间背包
	成长历程：主角是如何发现金手指，并顺利掌握金手指的	主角突然发现自己进入了异世界，而这个异世界就是自己的空间背包
能力影响	对主角的影响	无限制地存储装备物资，解决生存问题
	对世界的影响	运送大量物资，帮助幸存者生存下去

我们对 DeepSeek 可调试如下：

请针对下方内容，帮我生成小说主角的金手指以及金手指的概述，字数在 300 字左右，要求具备以下元素。

能力类型：空间系能力。

能力特性：空间存储，可以把任意物质存储到空间背包中；一天只能打开两次，且在打开时不得受到外界干扰，每次打开后维持时间为 15 分钟。

能力来源：一个特殊的渊源，主角阴差阳错，获得了空间背包；主角突然发现自己进入到了异世界，而这个异世界就是自己的空间背包。

能力影响：无限制地存储装备物资，解决生存问题；运送大量物资，帮助幸存者生存下去。

DeepSeek 输出：

【金手指名称：裂隙收容者】

能力概述：

当张三从 A 座摩天楼的辐射尘埃中摸到那块刻着克莱因瓶图腾的钛合金立方体时，他绝对想不到这会是末日里最珍贵的诅咒。这个被称为“裂隙收容者”的空间系能力，本质是通往折叠在三维空间里的微型异世界的钥匙——确切地说，那是个边长三十公里的正方体生态空间，悬浮着数以万计发光的琥珀色气泡，每个气泡都能冻结时间存储物品。

能力特性具象化呈现为悬浮在视网膜上的半透明操作界面。存储物资时只需凝视目标物十五秒，该物体就会被空间裂缝吞噬进指定气泡。但每日仅能在黎明与黄昏各开启一次通道，每次维持十五分钟的实体接触。在此期间主角若被外界触碰就会引发空间震颤，轻则随机吐出十件物品，重则导致异世界局部坍塌。

异世界的震撼远超出张三想象。当他首次完整开启通道时，发现自己正站在存储着三百吨纯净水的巨型气泡顶端。远处漂浮着他半个月来收集的压缩饼干与医疗箱，更惊人的是那些被存储的变异秃鹫仍在气泡里鲜活地振翅。此刻他才惊觉这个空间具有独立时间流速，被存储的生物将永远凝固在进入瞬间的状态。

这项能力彻底颠覆末日生存法则。张三将整个超市货架连带着防辐射冷藏柜塞进编号 8975 的气泡，又在暴雨季来临前存储了整条断裂的臭氧生成管道。最惊险的是在秃鹫群围攻避难所时，他当着三百幸存者的面将变异兽潮收进异世界。但没人看见他背后渗血的晶状体正在生长——每次开启空间，都在蚕食他的痛觉神经。

5.4 伏笔描写调试模板

在具体调试前，我们先带大家了解一套公式，如下：

基础设定描述＋角色场景引入＋伏笔类型指定＋情节关联提示＋情感/氛围渲染

表 5-4 公式释义表

公式名词	小说释义	对应案例
基础设定描述	小说的基本背景、时代、世界观等	未来世界，世界末日之后
角色场景引入	涉及伏笔的角色或场景	主角张三从废墟中站起身，头没来由的剧痛。
伏笔类型指定	伏笔的具体类型，比如是某一个物品、某一句对话或某一起事件	张三脑海中出现断断续续的记忆碎片
情节关联提示	与伏笔相关联的上下文剧情，或某一段特殊剧情，且必须保证其对这段伏笔有重要的作用	记忆碎片中，有一小段记忆告诉张三，在A栋大楼的废墟下面有他需要的东西
情感/氛围渲染	周边氛围描写，让伏笔更抓眼球	张三距离A栋大楼越近，就越有一股没缘由的悲凉感

我们对 DeepSeek 可调试如下：

请针对下方内容帮我生成小说剧情伏笔，字数在300字左右，要求具备以下元素。

基础设定描述：未来世界，世界末日之后。

角色场景引入：主角张三从废墟中站起身，头没来由的剧痛。

伏笔类型指定：张三脑海中出现断断续续的记忆碎片。

情节关联提示：记忆碎片中，有一小段记忆告诉张三，在A栋大楼的废墟下面有他需要的东西。

情感/氛围渲染：张三距离A栋大楼越近，就越有一股没缘由的悲凉感。

DeepSeek输出：

【废墟残章】

张三扶着锈蚀的钢筋从混凝土碎块中爬起，后颈植入芯片的位置传来灼烧般的刺痛。他扯开领口，发现皮肤下浮现出诡异的电路纹路，像某种寄生藤蔓正沿着脊椎向上蔓延。远处坍塌的A栋大楼轮廓刺破血红色天幕，全息广告牌的残影还在循环播放二十年前的冰淇淋广告。

脑神经突然炸开针扎般的剧痛。记忆碎片在视神经投射出全息影像：穿白大褂的女人将金属箱推进防爆柜，密码锁旋转时她无名指戴着双蛇衔尾戒指。“去A栋负三层。”女人的声音混着电磁杂音，“别相信任……”画面突然被刺眼白光吞没。

张三踉跄着踢开挡路的混凝土块，变异藤蔓缠绕的玻璃幕墙碎片在靴底发出细碎摩擦声。越靠近A栋，那种溺水般的窒息感就越强烈。他摸到左胸作战服内袋里褪色的全家福，照片里抱着婴儿的妻子面容模糊，背景却分明是A栋顶层的空中花园。

当锈蚀的金属门牌“B3”出现在眼前时，张三发现自己在流泪。防空洞通风口吹来的风裹挟着某种甜腥味，像极了记忆里消毒液与血液混合的气息。指尖触到密码盘瞬间，植入芯片突然超负荷运转——防爆柜开启的刹那，冷藏白雾中悬浮着三支装有暗金色液体的试管，标签编号正是他颈后的烙印数字。

5.5 小作业

请对接下来的小说选题做指令调试，并让人工智能输出情绪、环境、金手指和伏笔四要素。

已知小说选题如下：主角意外获得了一本能穿越时空的日记本，只需要在日记本上写下前往的年代、地点，就可以瞬间穿越。直到有一天，主角真的穿越到了某一个特殊时空，却在该时空中形成闭环，进入死局，无法再穿越回来。

请按照 5.1 小节的技巧，生成情绪描写指令调试。

请按照 5.2 小节的技巧，生成环境描写指令调试。

请按照 5.3 小节的技巧，生成金手指描写指令调试。

请按照 5.4 小节的技巧，生成伏笔描写指令调试。

已知小说选题如下：主角是一名宇宙快递员，主要任务是穿梭于各星球之间邮寄快递、包裹，只不过在接受某次任务后，主角意外卷入了宇宙阴谋，并发现包裹中居然有改变宇宙命运的秘密。

请按照 5.1 小节的技巧，生成情绪描写指令调试。

请按照 5.2 小节的技巧，生成环境描写指令调试。

请按照 5.3 小节的技巧，生成金手指描写指令调试。

请按照 5.4 小节的技巧，生成伏笔描写指令调试。

已知小说选题如下：主角是一位宇宙裁缝师，主要任务是感知并修补宇宙中的时间裂缝，来保证时间的连续性和稳定性。但突然有一天，主角发现一个巨大的时间裂缝，且凭一己之力根本无法缝补该裂缝，于是整个宇宙爆发了前所未有的危机。

请按照 5.1 小节的技巧，生成情绪描写指令调试。

请按照 5.2 小节的技巧，生成环境描写指令调试。

请按照 5.3 小节的技巧，生成金手指描写指令调试。

请按照 5.4 小节的技巧，生成伏笔描写指令调试。

已知小说选题如下：主角原本是体育健将，却因一次受伤不得不退出体育圈，进而转战娱乐圈，成为一名跨界歌王，在歌唱的赛道上遇到了重重挑战，同时也收获了无数粉丝和挚友。

请按照 5.1 小节的技巧，生成情绪描写指令调试。

请按照 5.2 小节的技巧，生成环境描写指令调试。

请按照 5.3 小节的技巧，生成金手指描写指令调试。

请按照 5.4 小节的技巧，生成伏笔描写指令调试。

已知小说选题如下：未来世界用变异生物毒素做医美，客户在变漂亮的同时，意外获得了异能并且逐渐兽化，整个世界爆发了一场异能战争。

请按照 5.1 小节技巧，生成情绪描写指令调试。

请按照 5.2 小节技巧，生成环境描写指令调试。

请按照 5.3 小节技巧，生成金手指描写指令调试。

请按照 5.4 小节技巧，生成伏笔描写指令调试。

已知小说选题如下：能看到他人寿命的天才画家，突然发现所有人的寿命倒计时都变成了 10 天。天才画家意识到：10 天之后地球很有可能迎来一场灭世危机。

请按照 5.1 小节技巧，生成情绪描写指令调试。

请按照 5.2 小节技巧，生成环境描写指令调试。

请按照 5.3 小节技巧，生成金手指描写指令调试。

请按照 5.4 小节技巧，生成伏笔描写指令调试。

已知小说选题如下：人类突然摆脱了地心引力，原有的物理法则彻底崩溃，而唯一能控制重力的主角，开始探寻这背后的秘密。

请按照 5.1 小节技巧，生成情绪描写指令调试。

请按照 5.2 小节技巧，生成环境描写指令调试。

请按照 5.3 小节技巧，生成金手指描写指令调试。

请按照 5.4 小节技巧，生成伏笔描写指令调试。

第6章

如何借助人工智能写出一本小说来?

本章我们来讲解用 DeepSeek 辅助小说人物人设、开篇破题生成。

本章中，所有的小说指令调试，均默认调试的选题内容为：

主角原本是一位明星的粉丝，在一次偶然机会下，被星探发掘并踏入娱乐圈。其在追求偶像的同时，也找到了属于自己的舞台，从一名粉丝逐渐成长为万众瞩目的娱乐新星。

6.1 人物人设搭建

在具体调试前，我们先带大家了解一套公式，如下：

主要性格 + 次要性格 + 行为习惯 + 成长经历 + 重要事件

表 6-1 公式释义表

公式名词	小说释义	对应案例
主要性格	相关角色的主要性格特点	内向、懦弱
次要性格	相关角色的次要性格特点，可以和主要性格特点相辅相成，也可以做鲜明对比	坚韧
行为习惯	相关角色的习惯性动作或口头禅	口头禅：“只要我认准的事，拼了命也要做好”
成长经历	相关角色的成长阅历，包括但不限于家庭背景、教育经历	家庭相对贫穷，比较自卑

续表

公式名词	小说释义	对应案例
重要事件	与角色相关联的重要事件	在电视节目中看到了某位明星，并被他的励志故事打动，决定闯出属于自己的一片天

我们对 DeepSeek 调试如下：

请针对下方内容，帮我生成小说主角的人物人设，要求具备以下元素。

主要性格：内向、懦弱。

次要性格：坚韧。

行为习惯：口头禅："只要我认准的事，拼了命也要做好"。

成长经历：家庭相对贫穷，比较自卑。

重要事件：在电视节目中看到了某位明星，并被他的励志故事打动，决定闯出属于自己的一片天。

DeepSeek 输出：

小说主角人设：林默

基础信息：

姓名：林默（小名阿默）

年龄：19 岁（故事开篇时）

外貌：身形瘦削，习惯性含胸低头，刘海略长遮住眉眼，常年穿洗得发白的旧校服，手指因长期帮家里做零工而粗糙带茧，可一双眼睛在专注时会亮得惊人。

核心性格：

1. 内向懦弱的保护色

因家境贫寒，自幼饱受嘲笑，养成了"缩小存在感"的本能：走路贴墙根、说话声如蚊子音、从不敢直视他人眼睛。

恐惧冲突，被欺负时只会攥紧拳头沉默忍耐，唯一反抗的方式是躲进废弃仓库涂鸦（隐藏技能）。

2. 暗涌的偏执坚韧

一旦认定目标会爆发出病态般的执着：为学画画，连续三年捡废品卖钱攒学费；为练歌不扰民，凌晨四点蹲在菜市场路灯下开嗓。

口头禅:“只要我认准的事，拼了命也要做好。”

成长烙印:

原生家庭：父亲早逝，母亲在纺织厂日夜倒班落下腰伤。童年最深的记忆是蜷缩在缝纫机旁写作业，听着母亲的咳嗽声计算医药费。

自卑触发点：初中时因穿母亲缝补的破洞T恤上台演讲，被拍下照片做成“乞丐装”表情包疯传，从此拒绝集体活动。

命运转折：17岁在网吧蹭Wi-Fi时偶然看到明星宋野的纪录片——对方曾是工地搬砖少年，因在地下通道唱歌被发掘。林默在屏幕前哭到抽搐，凌晨翻垃圾堆找回了半年前因自卑撕碎的乐谱。

关键行为模式:

自我惩罚式努力：为参加选秀节目，每天打三份工攒路费，导致低血糖晕倒在便利店仓库，醒来后第一句话是“还差83块就能报名了”。

矛盾感拉满的爆发时刻：初次登台时双腿抖如筛糠，却在评委皱眉时突然抬头嘶吼:“请……请让我唱完！我准备了1297天！”

隐秘的温柔：偷偷用打工钱给母亲买护腰膏药，却谎称是“超市抽奖送的”；长期喂养流浪猫但从不靠近，只远远放下食物就逃跑。

人物弧光:

成长催化剂：发现偶像宋野光鲜背后有资本操控的真相，在理想崩塌的雨夜，却对着追来羞辱他的星探冷笑:“你们可以碾碎梦，但碾不碎我骨头里长出的刺。”

高光逆转：决赛直播中面对评委“穷酸样不配做偶像”的嘲讽，扯下节目组安排的华丽外套，露出缝满补丁的旧T恤演唱原创曲《生于裂缝的光》，弹幕瞬间炸裂。

意象化设定：

代表物：总揣在兜里的生锈铁盒，装着母亲给的止咳糖、宋野出道首唱会的碎海报，以及127张写满“再坚持一天”的纸条。

镜头化细节：弹吉他时总用绷带缠住流血指尖，雪白纱布渗出的血渍像一朵挣扎着绽开的花。

此角色适合娱乐圈逆袭文或现实向成长题材，通过极致压抑与炽烈反抗的撕裂感，塑造“蝼蚁向光而生”的震撼力。

6.2 开篇破题技巧

在具体调试前，我们先带大家了解一套公式如下：

背景设定 + 主角引入 + 冲突提出 + 开篇钩子 + 故事预告

表6-2 公式释义表

公式名词	小说释义	对应案例
背景设定	事件发生的时间、地点，以及事件发生时的氛围	平行世界，苹果村胡同口
主角引入	主角的身份、姓名、状态、目标和动机	张三在胡同口发现了一张明星李四的海报
冲突提出	开篇最核心的冲突或问题，推动故事发展	张三捡拾海报时，被同村的几位小伙伴恶语相向
开篇钩子	通过预留独特场景、特殊事件或特殊人物对话等方式，留住读者	在几位小伙伴拳打脚踢时，张三仍死死地护住海报，上边是他崇拜的偶像

续表

公式名词	小说释义	对应案例
故事预告	简单预告即将发生的关键事件或事件转折点	这起事件刚好被路过的星探发现，并询问张三是否愿意参加李四的演唱会

我们对 DeepSeek 调试如下：

请针对下方内容，帮我生成小说开篇剧情，要具备趣味性，字数在 500 字左右，要求具备以下元素。

背景设定：平行世界，苹果村胡同口。

主角引入：张三在胡同口发现了一张明星李四的海报。

冲突提出：张三捡拾海报时，被同村的几位小伙伴恶语相向。

开篇钩子：在几位小伙伴拳打脚踢时，张三仍死死地护住海报，上边是他崇拜的偶像。

故事预告：这起事件刚好被路过的星探发现，并询问张三是否愿意参加李四的演唱会。

DeepSeek 输出：

好的，我将按照您的要求创作一个关于平行世界追星少年的故事。为了让故事更完整，我先梳理一下故事脉络。请您看看以下内容是否符合您的预期。如果您有其他想法，可以随时提出，我会进行调整。

故事梗概：

奇遇：闷热的苹果村胡同口，张三在废弃公告栏发现会发光的李四海报，海报上流淌着耀眼光芒。

信仰遭受冲击：以王二虎为首的少年们突然出现，用泥巴玷污海报并嘲笑张三，暗示李四存在不可告人的秘密。

守护与转折：张三拼死保护海报时，星探陈默目睹全过程。

命运转折点：陈默递来的名片暗藏玄机，暗示张三即将踏入娱乐圈世界。

我们将重点描写张三在守护偶像海报过程中发生的事情，以及这场冲突如何成为改变他命运的契机。这段剧情将突出少年对偶像的纯粹信仰与隐藏的阴谋间的碰撞。

正文：

苹果村的蝉鸣撞在柏油路上碎成燥热的残片，张三蹲在胡同口公告栏的阴影里，校服后背洇出深灰色的汗渍。他小心翼翼地从书包夹层掏出塑封好的海报，那是偶像李四全国巡演的宣传照——海报边角已经卷曲，但李四眼角那颗泪钻依然亮得晃眼。

"哟，大明星又来开演唱会啊？"

塑料桶砸在地上的闷响惊得张三一颤。王二虎带着几个男生围过来，铁皮桶里半凝固的水泥浆泛着青灰色泡沫。

"你们不要动这张海报！"张三突然爆发的吼声把自己都吓了一跳。上周班长收手机时他都没这么激动，但此刻海报上李四被踩皱的侧脸让他喉咙发紧，"他...他给山区捐了二十所小学，是我的偶像！"

"真是没救了。"少年们骂骂咧咧地散去，巷子深处传来铁桶滚动的哐当声。张三低头擦拭海报上的泥点，发现李四胸口位置沾着块顽固的污渍，怎么擦都像是团化不开的阴影。

"你刚才的眼神很不错。"

陌生男人的声音惊得他差点撕破海报。穿浅灰衬衫的男人不知在旁边看了多久，镜片后的眼睛微微眯起，带着木樨香的名片轻轻塞进张三掌心，星辉娱乐的金色 logo 在夕阳下突然有些刺眼。

6.3 指令调试的核心

我们借助人工智能辅助小说创作，最核心的点从来不在于小说创作，而在于辅助。那么如何让人工智能实现其类似于知识小助理的角色身份呢？最主要的在于我们的指令调试要恰当。

首先，保证明确性与具体性。我们要确保指令调试词简洁明了，且没有歧义，能明确地对人工智能下达指令任务。同时在要求人工智能帮助我们生成小说中的部分灵感或检索部分资料时，做好约束项，明确告诉人工智能需要生成的是哪一方面的内容。

其次，提前敲定剧情氛围。让人工智能辅助生成小说中的部分剧情时，尤其要注重搭配合适的剧情氛围，如果我们在设计的这一段剧情是喜剧，而人工智能在生成时是悲剧，剧情氛围紊乱，就很难生成合适的剧情线。

再次，提供足够多的细节。我们指望人工智能帮我们生成一份 200 万字的小说内容不现实，只能是人工智能辅助我们生成对应的剧情。换句话来说，完整的剧情构思在我们的脑海里，而我们需要做的，只是截取其中的某一小段构思，投给人工智能，要求人工智能辅助我们生成内容。这就需要我们在进行人工智能调试之前，提供足够多的细节。理论上来说，细节提供得越多，人工智能帮助我们生成的内容就越符合需求。

最后，保证趣味性、可读性。在借助人工智能生成内容时，如果生成的内容不具备趣味性和可读性，我们可以要求人工智能重复生成，并且在重复生成的过程中，添加关键指令词，比如：要求人工智能生成时具备趣味性及可读性。

最后，我们补充两点：

第 1 点，人工智能生成的内容本质是有 AI 味，没有人味。整体来看，虽然剧情流畅自然，但机械感明显，所以我们需要在人工智能生成内容后，再用自己的语言风格，去调试、修改，创作出有灵魂的文章。

第 2 点，人工智能只能给我们提供灵感，不能代替我们创作小说。一来原创度无法保证，二来也是最重要的一点，人工智能目前无法生成我们所需要的小说完整剧情。

6.4　小作业

请对接下来的小说选题做指令调试，并让人工智能输出人物人设搭建和开篇破题。

选题一：张三发现自己住的别墅存在暗门，打开暗门后发现了不可名状之物，并由此不断探索门后的秘密。

人物人设搭建指令调试：

开篇破题设计指令调试：

选题二：李四觉醒了一项超能力，可以回到过去。但李四回到过去后的每一个小举动，都会对未来的自己造成天大的影响。

人物人设搭建指令调试：

开篇破题设计指令调试:

选题三: 未来世界因一场全球战争导致世界末日，主角王五在临死前穿越到了过去，他决定阻止世界末日的出现。

人物人设搭建指令调试:

开篇破题设计指令调试:

结 语

这本书中我们给大家讲解的所有的指令调试，理论上可以在DeepSeek、文心一言、讯飞星火、Kimi、豆包等多款人工智能上进行调试，且调试效果都不错。当然，如果条件允许，还是建议大家在DeepSeek上进行指令调试。

在此强烈建议大家：拿出半天的时间去熟读这本书，并借助DeepSeek进行指令调试。用5个小时的时间完成DeepSeek指令调试并熟练掌握后，能够在网文写作这条路上，起到事半功倍的效果。

人工智能作为时代发展的大趋势、大洪流远非人力所能对抗。与其对抗科技，倒不如踏踏实实地享受科技。我们相信，在不久的未来，人工智能会在各行各业起到举足轻重的作用，在小说写作行业也是同理。

对于很多新人作家来说，是机会，也是机遇，我们可以借助人工智能辅助来实现弯道超车，写出属于自己的优秀作品。

对于老作家来说，更是如此，让我们的写作功底更上一层楼。在写作这条赛道上，可以说谁先掌握了人工智能，谁就能在未来的写作事业中拿到更好成绩。

除了本书中讲到的指令调示之外，我还给大家额外准备了一套比较通俗且简单的人工智能指令调试，大家可以关注公众号“刘丙润”，在我的公众号主页，领取一份免费“指令提示词”。

诸君，我们顶峰相见。